Fabeln von Jean de La Fontaine

Illustriert von Marisa Vestita

WS Kids
WHITE STAR KIDS

Einleitung

Die Fabeln von Jean de La Fontaine gelten weltweit als Meisterwerke der französischen Literatur. Seine gleichermaßen kunstvollen wie einfachen Geschichten begeistern große und kleine Leser: Die Großen schmunzeln über die versteckte Ironie und Kritik an den Mächtigen, während die jüngeren Leser sich über die unwiderstehlichen „Helden" amüsieren. In den Fabeln sind das Menschen und sprechende Tiere, von denen manche schlau, manche aber auch schrecklich dumm, stolz oder prahlerisch sind. Einmal sagen sie die Wahrheit, ein anderes Mal flunkern sie oder lügen völlig ungeniert, und alle sind auf ihre sehr spezielle Art ungeheuer lustig! Mit ihren Abenteuern erobern sie selbst das Herz der ganz Kleinen und vermitteln in unterhaltsamer Weise tiefe Wahrheiten über die menschliche Seele.

INHALT

Der Wolf und das Lamm

Lest die Geschichte und versteht,
wie ein Bösewicht die Wahrheit verdreht.

Ein Lämmlein trank an einem Bach,
da kam ein Wolf, der war hungrig und sprach
mit donnernder Stimme und tobend vor Wut:
„Du verschmutzt mir mein Wasser, das endet nicht gut!“

Verwundert meinte darauf das Lamm:
„Herr Wolf, das habe ich nicht getan.
Ich trinke weit unter dem Quellenzulauf,
zwischen mir und dort fließt reines Wasser zuhauf.“

Doch der Wolf sagte: „Das ist nicht wahr,
zudem hast du mich beleidigt, und zwar letztes Jahr.“

Das Lamm spitzte die Ohren
und war sehr verwirrt:
„Da war ich noch nicht geboren,
Ihr habt Euch geirrt.“

„Dann mag's wohl dein Bruder gewesen sein",
meinte der Wolf und grinste gemein.
„Ich schwör's hoch und heilig, ich hab keine Brüder",
beteuerte das Lämmchen wieder und wieder.

„Das sind doch Lügen, da bin ich sicher,
im Geiste hör ich schon euer Gekicher.
Ihr macht euch lustig voll Übermut,
ich sagte es schon: Das endet nicht gut!“

„Ich werde mich an euch allen rächen,
Den Hirten, den Hunden und all den Frechen.
Ich tu es sofort, warte nicht erst bis morgen,
gleich komm ich zu dir, du solltest dich sorgen!“

So sprach der Wolf,
und ohne Halt
bugsierte das Lamm er in den Wald.
Er versuchte nicht mal
seine Gier zu verstecken
und ließ sich das Lamm
ohne Weiteres
schmecken.

Der Fuchs und der Hahn

Hoch auf dem Baum
saß ein Hahn
und hielt Wache.

Da kam ein Fuchs,
und es geschah
folgende Sache:

„Mein Freund,
als Bote bin ich gesandt,
um Frieden zu verkünden
für alle im Land!“

„Beeil dich,
komm runter,
denn ich muss schon bald
als Friedensbote weiterzieh'n durch den Wald.
Alle werden Freunde, und wir feiern froh,
mit Singen und Jubeln – holladiho!
Komm du nun herunter und gib mir 'nen Kuss,
denn mit unserer Feindschaft ist endgültig Schluss!"

Der Hahn sah die List und sprach raffiniert:
„Gerne, mein Bester, ich bin sehr gerührt!
Friede für alle, auch für den Jagdhund,
den ich schon sehe dort hinten im Talgrund.

Ein Friedensbote, sicher auch er.
Eilenden Schrittes kommt er hierher.
Gleich ist er da, dann feiern wir drei,
zusammen den Frieden, tandaradei.“

„Grüß ihn von mir“, sagte der Fuchs da voll Schreck,
„Ich habe es sehr eilig, ich muss leider weg.
Vielleicht habe ich morgen etwas mehr Zeit
und bin dann eher zum Feiern bereit.“

Der Fuchs lief schnell weg und war wenig erbaut,
denn der Hahn hatte die List gleich durchschaut.
Der alte Hahn aber saß noch vor Orte
und dachte an die alten Worte,
dass der Fall dem Hochmut folgt hintendrein
und einer, der Gruben gräbt, selbst fällt hinein.

Die Henne mit den goldenen Eiern

Diese Geschichte zeigt uns, dass
es immer ankommt aufs richtige Maß.
Sie handelt von einer Henne, auwei,
die legte täglich ein goldenes Ei.

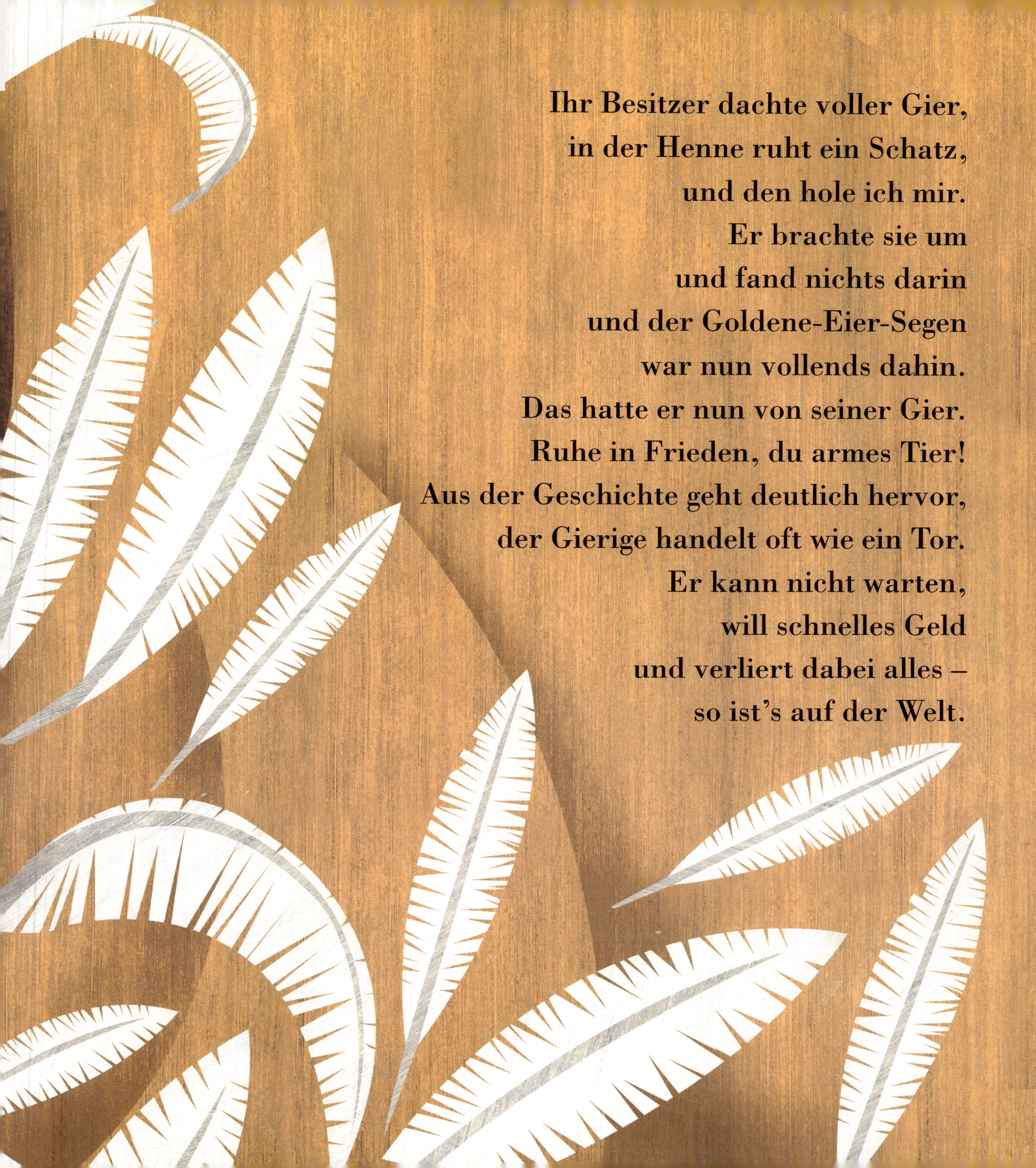

Ihr Besitzer dachte voller Gier,
in der Henne ruht ein Schatz,
und den hole ich mir.
Er brachte sie um
und fand nichts darin
und der Goldene-Eier-Segen
war nun vollends dahin.
Das hatte er nun von seiner Gier.
Ruhe in Frieden, du armes Tier!
Aus der Geschichte geht deutlich hervor,
der Gierige handelt oft wie ein Tor.
Er kann nicht warten,
will schnelles Geld
und verliert dabei alles –
so ist's auf der Welt.

Die Taube und die Ameise

Eine Taube trank aus einem Bach,
da sah sie in dem Wasser, ach,
eine Ameise, die war am Ertrinken,
sie konnte sich nirgends halten und drohte zu sinken.

Die Ameise war völlig hoffnungslos,
sie klagte laut: „Was mach ich bloß?“
Der Taube wurde das Herz ganz weich,
drum hat sie ihr schnell ein Blatt gereicht.

Das Blatt war nicht besonders mächtig,
doch für die Ameise war es prächtig.
Sie klammerte sich ganz fest daran,
und die Taube zog sie zum Ufer heran.

Zur gleichen Zeit aber schlich sich ein Mann
barfuß, mit Pfeil und Bogen an.
Er sah die Taube und dachte sich:
„Du wirst mein Braten, dich esse ich!“
Und mit seinem Pfeil zielte er auf ihr Herz,
denn das mit dem Braten, das war kein Scherz.

Doch während er zielte,
eilte die Ameise herbei
und biss in seinen Fuß,
auwei, auwei!

Die Taube ergriff die Gelegenheit,
streckte die Flügel und flüchtete weit.
Der Mann aber sah, das Herz voller Gram,
wie sein „Abendessen" floh und entkam.

Der Fuchs und der Storch

Der Fuchs lud einmal höflich und fein
den Storch zu sich zum Essen ein.

Doch das Gastmahl war nicht besonders charmant,
weil es nur aus bloßer Brühe bestand.
Es war nicht viel und obendrein
serviert auf einem flachen Tellerlein.

Wenn ihr den Storchenschnabel seht,
dann wisst ihr, dass das gar nicht geht:

Der arme Storch
konnte nichts essen,
der Fuchs dagegen
fing an zu fressen.

Da dachte der Storch:
„Das zahl ich dir heim!
und lud nun den Fuchs
zum Speisen ein.

Der Fuchs sagte gleich, er käme zum Essen,
denn er war tatsächlich besonders verfressen.
Als er zum Storch kam, war das Mahl schon bereit,
in der Luft lag einen köstlichen Duft weit und breit.

Doch der Storch,
der rächte sich allemal,
er servierte die Suppe im
Krug, und der war schmal.

Mit seinem Schnabel,
holladiho,
trank der Storch
durch die Öffnung,
war heiter und froh.

Der Fuchs mit der pelzigen
Schnauze jedoch
konnte nichts trinken
durch das schmale Loch.

Da zog der Fuchs mit leerem Magen ab,
mit eingezognem Schwanz und müdem Trab.
Er musste erst seine Schande verdauen:
Ein Federvieh hatte ihn übers Ohr gehauen!

Diese Geschichte hilft uns zu verstehen,

dass wir stets ernten, was wir säen.

Der gealterte Löwe

Ein Löwe war einmal der Herrscher im Wald,
doch verlor er mit dem Alter die Herrschaftsgewalt.

Die Tiere, die ihm früher unterworfen war'n,
fingen nun zu murren und zu knurren an.
Denn jetzt war der einstige König der Schwache,
und Pferd, Wolf und Ochse sannen auf Rache.
Sie griffen an mit Hörnern und Hufen,
doch statt Löwengebrüll kam nur schwaches Rufen.

Der einstige König nahm sein Schicksal schon an,
war bereit für den Tod – bis der Esel kam!
Als dieser ihm gab einen weiteren Stoß,
da brüllte der Löwe doch noch mal los:

„Ich Armer, ich war schon
bereit zum Sterben,
aber dass nun ein Esel mir
bringt das Verderben,
das ist eine Schande und schmerzt mich so sehr,
als käme der Tod gleich zweimal daher.“

Der Hund und sein Spiegelbild

So viele können Schein und Sein
nicht unterscheiden und fallen rein.
So ging es auch dem Hund, der hier
seine Beute verlor vor lauter Gier.

Er hatte ein Stück Fleisch gestohlen
und wollte gleich ein zweites holen,
denn im Bach sah er sein Spiegelbild
mit dem Fleischstück im Maul und wurde ganz wild.
Er dachte, das sei ein anderer Hund,
der hätte auch eine Beute im Mund.

Vor lauter Gier ließ er den Fleischbrocken los
und sprang in den Bach zwischen Algen und Moos.
Nicht viel hat gefehlt, und er wäre ertrunken,
und er hat auch kein Fleischstück im Wasser gefunden.

Der Frosch und der Ochse

Ein winzig kleines Fröschlein saß
auf einer Weide, wo ein Ochse fraß.
Da wollte es selbst auch groß sein:
Es blies sich auf und sog viel Luft ein.
„Schau mich mal an und sage dann,
ob ich nicht so groß wie du sein kann?“
Der Ochse sagte dazu ehrlich:
„Hör lieber auf, das wird gefährlich.“

Doch das Fröschlein fuhr fort
sich aufzublähen,
da ergriff es der Wind,
um es fortzuwehen.

So etwas kommt recht häufig vor,
will einer zu groß sein, wird er zum Tor.
Er will sich an den Großen messen,
doch im Nu ist er weg und von allen vergessen.

Der kranke Löwe und der Fuchs

Ein Löwe ließ alle Tiere wissen:
„Ich bin krank, ich möchte
euch deshalb nicht missen.
Kommt nur zu mir,
verbringt mit mir Zeit,
ich verspreche euch auch,
es geschieht euch kein Leid.“

Die Tiere begaben sich
schnell auf die Reise,
nur der Fuchs blieb zu Hause
und warnte sie weise:

„Schaut euch den Weg zum König an:
Viele Spuren gehen voran,
doch Spuren zurück sind nicht zu entdecken,
statt zum König zu gehen, solltet ihr euch verstecken.
Denn der Löwe macht es sich wirklich bequem,
er holt die Beute ins Haus, das kann man doch sehen!
Viele Spuren führ'n hinein, doch keine heraus.
Nein, Freunde, ich sag euch, ich bleib zu Haus.“

Merkt euch:
Wenn ein Bösewicht euch etwas verspricht,
dann glaubt ihm nicht!

Die Stadtratte und die Landratte

Eine Stadtratte lud freundlich und fein
ihre Cousine vom Lande zum Essen ein.

Sie saßen auf türkischen Teppichen
und genossen allerlei Leckerchen.
Sie fühlten sich wie Könige auf dem Thron,
doch plötzlich erschreckte sie ein lauter Ton.
Es krachte und trampelte vor dem Haus,
schnell nahmen die beiden Ratten Reißaus.

Die eine ließ die Torte im Stich,
die andere schrie ganz fürchterlich.

Doch kaum war der schreckliche Lärm vorbei,
kam die Stadtratte wieder eiligst herbei
und wollte dann mit allerlei Reden
auch die Cousine zur Rückkehr bewegen.

„Nein, danke“, war deren Erwiderung,
„ich gehe nach Hause, der Tag ist noch jung.
Morgen kommst du zu mir zum Mahl,
das wird nicht prächtig, es wird eher normal.

Das Essen ist einfach,
doch keiner wird stören,
kein Trampeln, kein Krachen
werden wir hören.“

„Das ist besser, denn
nicht mal ein Festmahl
kann schmecken,
wenn eine Mahlzeit
plötzlich endet
im Schrecken.“

Die Elster mit den Pfauenfedern

Es heißt, dass in einem fernen Land
eine Elster einmal Pfauenfedern fand.
Der törichte Vogel nahm sie zum Schmuck
und mischte sich unter die Pfauen, gluck, gluck.

Die durchschauten die Maskerade im Nu
und lachten die Elster aus und gaben keine Ruh
zu lästern und höhnen, zu rupfen und picken
und alles zu tun, um sie fortzuschicken.

Gekränkt und verletzt kam die Elster zurück
zu ihren Verwandten, doch sie hatte kein Glück:
Die sagten: „Du wolltest was Besseres sein,
das hast du davon, jetzt bist du allein."

So geht es all denen,
die andre kopieren
und sich – nur für mehr
Eindruck – mit fremden
Federn ausstaffieren.

Und gar nicht so selten
geschieht dergleichen,
doch diese eine Geschichte
sollte uns reichen.

Der Fuchs mit dem gestutzten Schwanz

Ein alter Fuchs,
der war ein Schrecken:
Die Kaninchen und Hühner
mussten sich stets verstecken.
Mit Schläue und List fing er sie doch alle,
am Ende aber saß er selbst in der Falle.

Mit Mühe und Not
konnte er schließlich flieh'n,
doch sein Schwanz,
der blieb in der Falle drin.

Beschämt und wütend dachte er nach,
wie er könnte lindern diese Schmach.
Er wollte nicht der Einzige mit Stummelschwanz sein,
drum lud er alle Füchse zur Versammlung ein.
Listig und tückisch fragte er:
„Wieso tragen wir einen Schwanz?
Und wozu dient denn der?
Er stört doch nur, und Schmutz klebt dran.
Lasst ihn uns kürzen – jeder, der kann!
Werdet ihn los mit sauberem Schnitt.
Seid ihr dabei? Macht ihr dabei mit?“

Die anderen sagten: „Du hast schöne Ideen, doch wollen wir dich vorher von hinten sehen!“ Der Fuchs folgte der Bitte und wandte sich um, und jeder sah: Dieser Vorschlag war dumm!

MARISA VESTITA wurde 1975 im italienischen Tarent geboren. Schon als Kind drängte sie ihre Eltern dazu, ihr privaten Zeichenunterricht zu ermöglichen. Später studierte sie Malerei an der Akademie der Schönen Künste in Lecce und sammelte praktische Erfahrung als Comiczeichnerin. Außerdem interessierte sie sich für Bühnengestaltung und Bühnentechnik sowie zunehmend für die Kunst der Illustration. 2002 zog sie um nach Mailand, wo sie mit ersten Arbeiten als Illustratorin in Erscheinung trat. Da sie sich auch für digitale Kunst begeistert, belegte sie am renommierten Istituto Europeo del Design Kurse zu Computergrafik. Sie ist mit ihren Werken bei wichtigen Veranstaltungen in ganz Italien vertreten und hat bereits mit mehreren italienischen Buch- und Zeitschriftenverlagen zusammengearbeitet. Für White Star Kids hat sie schon zahlreiche Bücher illustriert.

Piazzale Luigi Cadorna, 6
20123 Mailand, Italien
www.whitestar.it

Producing der deutschen Ausgabe: SAW Communications,
Redaktionsbüro Dr. Sabine A. Werner, Mainz
Übersetzung: SAW Communications: Ulrike Brandhorst
Lektorat: SAW Communications: Dr. Sabine A. Werner

ISBN 978-88-6312-464-4
1 2 3 4 5 6   25 24 23 22 21

Gedruckt in Serbien